周秋月，女，别署丘岳，祖籍江苏东海
中国书法家协会会员、中国诗歌学会会员
与诗不期而遇。求真、尚哲、唯美、寻逸境。

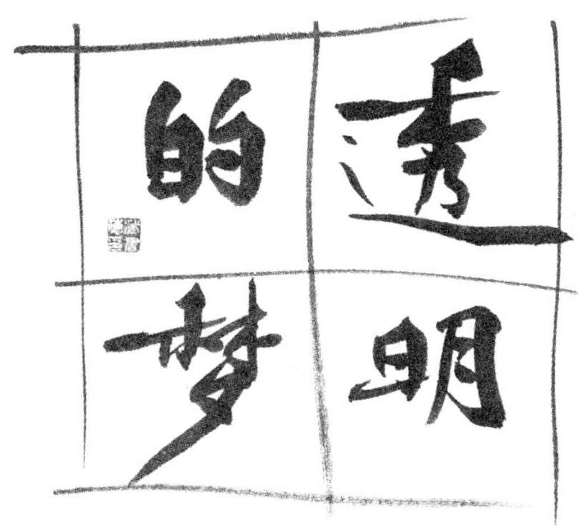

周秋月　著

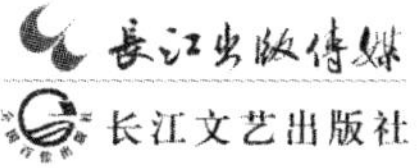

图书在版编目（CIP）数据

透明的梦 / 周秋月著. -- 武汉 : 长江文艺出版社, 2014.12

ISBN 978-7-5354-7687-6

Ⅰ. ①透… Ⅱ. ①周… Ⅲ. ①诗集－中国－当代 Ⅳ. ①I227

中国版本图书馆 CIP 数据核字(2014)第 239891 号

责任编辑：何性松　胡　璇　　　　责任校对：陈　琪
封面设计：李修贫　　　　　　　　责任印制：左　怡　包秀洋

出版：长江出版传媒　长江文艺出版社
地址：武汉市雄楚大街 268 号　　邮编：430070
发行：长江文艺出版社
电话：027—87679360
http://www.cjlap.com
印刷：首壹印务有限公司

开本：880 毫米×1230 毫米　1/32　　印张：5.625　　插页：2 页
版次：2014 年 12 月第 1 版　　2014 年 12 月第 1 次印刷
行数：2993 行

定价：36.00 元

目录

CONTENTS

第二卷　梦如夏花

第三卷　枕在秋的左肩

第四卷　这个冬天不太冷

第五卷　激活岁月

第六卷　站在夜的边缘

高低起伏读丘岳

——品周秋月的文字

臧书德

秋月与丘岳本无相干。前者玲珑在长天，用虚心借来的光明无私地慰藉苍穹；后者起伏于平川之上，地球板块间的挤压碰撞，让它无奈地彰显着沃土下岩浆对抗的节奏。然而，当诗人站在丘岳与秋月之间叩问时空与心灵的时候，它们就氤氲出关联，就链接出诗的美学文字和富有哲学意义的幽深思考。

秋月与丘岳的另一个关联是，诗人取笔名丘岳，应为谐音又紧扣诗魂韵律之含意吧。她的诗，磅礴，有气场，许多信手拈来的物象在她的诗行间自由徜徉，思想的穿越，几近汉唐。

身为水晶之乡的诗人，水晶元素自然是她笔下娓娓道来的清唱，但在她的文字里，水晶是人，更是跨越时空大写且复杂的人。“她们不安分的青春／抛弃了马达加斯加并不富裕的眼神／在一次又一次追梦的泪水里，终于／邂逅了来自中国东海水晶人的奇迹”。轻松平淡而透明的文字和石头一起说出了年轻、好奇、不谙世事的少女渴望对陌生世界的认知。相比之下，“寂寞了23亿年的冷艳／竟使得成群结队的凡胎一路小跑／虚拟的宝马，透支的期房／全靠它兑换成一串数字供养”，如此现实的文字，真切地记录和影射出了商品大潮中水晶所存在的世俗化的物质取向。当诗人独自与水晶对坐的时候，她说“我透过你想看到自己老去的模样／你却在挥舞一亿年前的霓裳／音乐凫起处／是一场薄如蝉翼的梦”。诗人对世事、人生和时空等诸多因素交织的情绪都透明地寄存在水晶的简约之中，此言亦穿越式地应印了“大道至简”的古训。

浪漫和感性之美永远是诗人鲜活的灵魂。

在秋月的诗中，家乡的美是绚烂多彩的浪漫。诗篇《西湖与西双湖的对望》中“你说：断桥是白娘子爱情千年的蛇腰／我说：拱桥是汤村姑最真情的拥抱”，这两句跨时空而遥远的对话，充分表达了诗人对自己家乡之美的笃爱、自信和肯定。只是她的笔法和心思更加沉稳、含蓄。试想，西湖的美天下人皆知，能与西湖遥相呼应且频频对话的美能不美吗?！在秋月的文字里，历史人物是浪漫的。《花果山》中吴承恩的感性和率意，让我们的目光可以穿透百年的山岚，看见他老人家“追溪下山沽酒／缘梯登峰揽月／醉一部西游的风流”。一位古老又年轻的旧儒身影跃然纸上。当然，爱情在诗人的诗行里更是浪漫得动人心魄、荡气回肠又细腻委婉，形象得娇嫩欲滴、掐之出水。“当传奇遭遇落榜的文人和酒

／马背上的爱情不需要任何理由”、“子夜敲窗，进京赶考的张生误了皇榜／待月竹园，怀春的莺莺一个人料理烛光／此时，红娘的心里／在勾兑三个人的惆怅”。可以说，如此浪漫的诗眼在秋月的文字里俯拾即是，它们水到渠成，成于自然。

通读秋月的诗句，胸中自然会生发出无限蓬勃向上的气息。仔细琢磨才能品出她“文以载道”的传统与执着，也更能咀嚼其诗句的哲性所辐射的美学意义。长诗《水愿》一文中“追随天空的深邃／就把根深深地扎进山里／谦虚成一条矜持的小溪／带着山的思想／亲吻每一片土地／赴约每一朵花期／……是海／饱经苦涩／依然深深地眷恋着岸／还有怀里每一只脆弱的帆”。将人世间的诸多理念寓于水的情怀。如此大段的、充满哲理的、不断走高的诗句连绵不绝一气呵成，高度显示了诗人驾驭文字、情感和逻辑递进的真正实力，此种境界乃是万千诗人追求的大境。

读秋月的诗，无须太多的思量，简明的文字佐以简约的修辞随时都会带你拜访大唐，倾听秦汉。因为她的美学思想和叙述方式深深扎根在传统文化的土壤里，同时，她所撷取的诗歌元素也是受众耳熟能详的常见具象物事。在秋月的诗句中呈现美的方式是传统的线性快递和对细节苦心经营的传真，没有东一榔头西一棒的浮躁、晦涩和杂乱，更没有所谓爆炸式的意识流漫延。

品读秋月的诗，就像月夜临水，当你思忖、局促、纠结、惋惜于水面脆弱而转瞬即逝的月色之时，不经意间抬起头，才发觉还有一轮亘古不变、皎洁执着的明月正高高地悬挂在广袤的皓空之上。她，高不可攀，但无时无刻都传递着自然、哲性、唯美，无私又自爱的光芒既是繁星的坐标，也是芸芸草芥校对人生的原点。

2014 年 7 月 9 日于听月轩

（臧书德，中国书法家协会会员，江苏省文艺评论家协会连云港分会理事）

第一卷　春天的眼睛

东海元素（组诗）

＊春天的眼睛

——西湖与西双湖的对望

疏柳生烟的季节
湖与湖枕着暖风猜想

三潭印月
双湖留云

你说：断桥是白素贞爱情千年的蛇腰
我说：拱桥是汤村姑真情一生的拥抱

雷峰塔的从容与鲁迅的呼啸，都因为勇往直前的钱塘大潮
水晶塔的婉约与彦涵的出走，更为了执着透明的民主自由

苏东坡没有醉，凭借浪漫的思想清澈了湖水
朱群公很清醒，依靠卓识和责任开掘出活水

七夕夜，白堤花前灯流光
元宵节，朱公堤上游人织

赞：郁达夫、秋瑾、苏轼可以在湖畔寄存诗魂
怨：朱自清、马戴、鲍照无法在水边保鲜月色

风起处，云卷雾岚展一般春眉
水落间，史载功过说两重湖天

＊疯狂的石头

任何时候都没有想到，石头可以这般疯狂
寂寞了 23 亿年的冷艳，竟使得成群结队的凡胎一路小跑
虚拟的宝马，透支的期房
全靠它兑换成一串数字供养
走高，情绪激昂
落低，一脸沮丧
此时此刻，所有人的心都在叮当作响

阳光下透明的深处

拥挤的面孔密密麻麻在清澈里浑浊
太阳伞下的女子，无暇顾及一亿年前的矜持
至于纯洁、诚实、笃信
就让它们和认真一起，在晶莹中消隐

日过晌午
一对远道赶来的情侣
端详着两只手链
表情在水晶的狐疑和玻璃的猜测间游走
买？还是不买？

＊在人民广场听票友唱吕剧

土生土长的一种唱腔，跌宕
唱出了先民们和它自己的沧桑
羽山、磨山在它的节奏中奔跑
王汉喜冒着寒冷的鼓点借年
李二嫂踩着悲怆的琴声泪水涟涟

整整两个时辰，一男一女的派对
男者，声音洪亮
女子，步步不让
有众目睽睽的隐秘

有半推半就的慌张

阴阳契合处

缔就了苏北这一方言特有的涵养

当一辆宝马鸣着喇叭从马大宝叹息的身上碾过

莫言以诺贝尔的口吻说：痛苦的穿越

此时，汽车尾气与唐朝的枫叶一起在喧嚣中飘摇、陨落

*听，一块马岛的石头如何说东海话

一群一群进口的水晶原石，她们不安分的青春

抛弃了马达加斯加并不富裕的眼神

在一次又一次追梦的泪水里，终于

邂逅了来自中国东海水晶人的奇迹

当她们飘过太平洋，跨过东桥头堡的黄金海岸

已出落成梅花待裁的红颜

清洗、分类、雕刻、抛光

水与火的洗礼让她们飞成千姿百态的凤凰

于是，她们或腾空，或鱼跃，或缠绵

纯真的笑容赛过蓝天

当阳光路过她曲折的心事

一块马岛的石头，以透明的形式说出了人生起伏的轨迹

春　事

成群结队的绿
一头栽进湖里　之后
大片大片地爬上岸
一夜之间占领了春天

杨柳临镜着妆
刘海后面
是烟波浩渺的眉眼
害怕风
虚虚地掖在心头幻成一缕幽烟

一场雨擦亮了时间
梨花微颤
怯怯拢起西厢的窗帘
半推半就地撞上了才子佳人的片断

心　事

曾听你说过
那南来的暖暖的风

又到
一只蜜蜂
降落在季节的深处
以主人的身份
堂而皇之地亲吻
花的心
颤抖的是风吗

是雨
欢快着扑进大地的怀里
鼓舞每一个跃跃欲试的生命

你一走
就满了

不是我的心事

是桃枝上望向你的眉眼

小街窄巷

细柳纤芽

已着三分春样

山左口访花

驱车，赶一个小时崎岖的长路
寻你，
而你，却蘸着七彩的笑容
躲在马陵山麓测量春天与幸福的温度

红的玫瑰，素的百合
石桥河的康乃馨
左庄村的曼陀罗
……
所有人都知道你
在为远方的爱情描绘一段晶莹的细节

看小叶满天星轻眨眉眼
听大叶波斯菊低语交谈
闻马蹄莲的幽香
想紫云英的缠绵
所有人都读懂你

在为远方的爱情起草一份忠贞的誓言

在鲁庄、在中寨
每一个村口你都有为小康代言
在团林、在茅河
你与香与笑与和谐一起
以春天和幸福的名义向四周传播

大圣湖的四月

涟漪
再也不愿留守冬的落寞
追随风的速度
丰满
登岸
冲上花果山
飘成玉女峰头云的零乱

沿途
与牛魔王相遇
与吴承恩彻夜长谈
棒一挥就是
天与地电闪雷鸣的鏖战

一对殉情的狐狸飞出溪涧
幻化成两只款款的彩蝶
伴随大片大片的爱情缓缓降落

暗香
染红了寂静的山坡

一群绿
围湖而坐
对一株金镶玉竹
品头论足
树与树
踩着岩石
比文　比武　比清高

下山取水的小僧
无意间触碰了拂水的柳丝
却招惹了
一波又一波春天的烦恼

花与古寺对坐
谁都是谁心中的佛

走在花果山的小路上

山石瘦
挤成十八盘
是孙悟空天河牧马垂下的长鞭
多少人梦想牵它的手羽化成仙

潜伏已久的香欺骗了山的肩膀
凡根难尽躁动心慌
一座古庙苦苦劝他静坐参禅
他不相信露珠是花忏悔的泪眼

石碑上说
吴承恩和水帘洞里的猴子一起发愁
愁荆棘里的阴谋
七十二洞中的魔头
也愁第三次进京赶考没有功成名就
于是
追溪下山沽酒

缘梯登峰揽月

醉一部西游的风流

与茶对坐

沏一盏龙井，听心的凡音
月光在香雾里转身

杯中古典的许仙，站在断桥上没有撑伞
任一段情怨在湖水里漫延

从武夷大红袍到信阳毛尖，
随处都是洗心的佛龛

雨在叶芽上生烟，
绿在水幔里缠绵

两叶一芽是清明前相思的远山
春坐在绿浪里参禅

铁观音、毛峰、碧螺春……
没有人知晓你超度了多少眼睛

心被清洗得越来越清、越来越空

息了涛声，缄口诵经，尘埃再也无碍视网膜的虔诚

清明（外二首）

雨丝
拥挤的天空混沌不清

野径
游走欲断的踪迹难明

数不清的风　围攻
一棵孱弱的柳

泪
沿发梢滴落河里
痛与流水奔走相告

一匹瘦马
闯进诗人的视野
点缀了思念的细节

没有主人

没有牧童

没有杏花

只有

一丛野蔷薇

在皴擦去年尘封的凄愁

＊荠菜花

一场雨

改变了绿的方向

花与温度各不相让

暗香

潜伏在田头

为春天伴唱

淡眉　细腰　碎花

你，鄙视那些

深宅大院里

桃花的浓妆

以及霓虹灯下

红杏出墙的慌张

和雨水一起，你期待
犁铧的穿越
从容打开——
牛铃
春光

*春雨

你不想告诉任何人
趁着夜色赶路的来意
更无暇打探
西厢里梨花带雨的秘密

即使
所有的城市将你关在窗外
即使
所有的伞企图阻隔你，为爱情徘徊
去年
与种子相约的誓言
从未改变

你说

你崇拜江河

愿作流水的写意

你说

你更挚爱春泥

以绿的姿态拔节

作夏的序曲

长成秋的记忆

泼墨·江宁

划两个时辰的小船
寻找一双诗意的眉眼
雾霭中
她倚着江岸
纤手拨开水中的云天
侧身在发髻上轻轻簪一枚烟雨蒙蒙的东山

雨丝争夺每一扇窗
一把伞
不想惊动你凝神沉思的片断
还有青石板上的晚唐
只作一缕风
束在你的腰间
遥遥倾听军帐中运筹帷幄的谢安
作轻纱
衬托你的容颜
拢一弯新月拜访随园

站成秀竹
装点苏东坡一挥而就的扇面

可是大片大片的遐想
跌进江水爬上岸
热烈成汤山一股透明的温泉
穿秦汉长衫
挥盛唐团扇
一眼古泉到底能浸泡几层蓝天

对风雪炎凉的进攻
方山斜塔视而不见
说法定林寺
喻世隐龙山
走在周昉村里
村民们说郑和的船刚刚驶出港口
一本航海的图标还搁在案头
回回山的落叶
是他回家的归期和理由

祖堂山的秋天永远是南唐的痛
两位皇帝的梦凝固成一条石龙
高大的陵墓依然没能装下生前的山河

考古学家和盗墓贼都为它的神秘着魔

岳飞在牛首山打了一场漂亮的伏击
并在建安四年的一天夜里写了日记
详细记录了当晚的恶劣天气
还抓了一名金国的奸细
对秦桧陷害他的阴谋只字未提
墨晕在宣纸的神经里
皴成大写意的记忆

水　愿

如果你追随天空信仰苍穹
就不要做浮躁的游云
在太阳的拷问下丢失了灵魂
甚至雨雪
甚至雾霭
短暂的聚合
只为片刻的欢欣

更不是孤芳自赏的虹
没有根基的梦想
靠虚荣和传说浮在半空中
不要以冰雹的姿态
衬托天空的威严
更不该扮作冷霜
对果实和秋横征暴敛

追随天空的深邃

就把根深深地扎进山里
谦虚成一条矜持的小溪
带着山的思想
亲吻每一片土地
赴约每一朵花期
做长河
做湖泊
蜿蜒成龙的骨骼
丰满成盛唐明月
更是瀑布
飞流直下以身相许
是深潭
虚怀若谷处变不惊
虔诚地收留每一片蓝天
是海
饱经苦涩
依然深深地眷恋着岸
还有怀里每一只脆弱的帆

情人节的夜晚

没有山盟海誓
目光在歌声里相期
没有海枯石烂
素心静守孤灯一盏

是谁说
玫瑰花的笑脸
必须裹着巧克力缠绵
没有浮云眷恋的天空
更加迷人　幽远
风在窗外四处流窜
在不同季节散布谣言
说冬躲在夏的冰箱里过夜
说夏在冬的空调房间一丝不挂

月亮早就识破它的嘴脸
即使黑夜
她也会借助太阳的光芒表达自己的观点

圈养的桃花

四周围墙
五亩桃花
是风爬过墙头唤醒她
大片的香挤在枝头与阳光吵架
蜜蜂乘机偷了她的罗帕

群花在村南的原野有一次盛会
她忘不了去年沿途的玫瑰
无奈主人看得太紧
整天闷在家里和姊妹们拌嘴
一场雨消除了她们的误会
纷纷收起短裙
丰满成堆
谁也不想误了短暂的青春

巫　山

是宋玉饱蘸云雾染成的扇面
青翠欲滴的水墨
是心上人开了又合的眉眼
一场雨
润了南山
石崖上挂着陆游淋湿的长衫
江水急转
一弯新月
镶在神女的腰间

牡　丹

在长安城里，你
丰满了未央宫里的夜宴
在洛阳城外，你
迷乱了进京赶考学子的眼
蝴蝶，仅仅与你擦肩
就觉察到了你倾国倾城的心酸

选择春天第一个发言
你无意于谁家的江山
却成了女皇开国的片段
政客的文字
乱了你的心田
虚荣的你开始为权利代言

木香花

风总会在春的溺爱中慵懒
小巷里挤满了绿色的眉眼
木香花爬上屋檐
一扇幽远的窗没有关

去年错过的缘
今天能否会面
行人过处
可否触摸到那张潮湿的脸

花香过后，是不安分的夏天
还有不肯罢休的紫罗兰
所有的步履，都在追赶秋天
却忽略了一枚春叶在努力挺拔的画面

春夜喜雨

一场雨，来自唐诗
湿了帘湿了窗湿了兵荒马乱的烛光
湿了杜甫
草堂里仅有的忧伤

一场雨，来自宋词
湿了运河湿了钱塘湿了西湖单薄的矜持
湿了李清照
压在舱底绿肥红瘦的佳期

一场雨，来自元曲
湿了水袖湿了马蹄湿了微醺的社戏
湿了关汉卿
清唱时跷起的兰花指

一场雨，来自春绿
湿了斗笠湿了耕犁湿了坚韧的春泥

湿了种子

为秋天谱写的序曲

第二卷　梦如夏花

温泉（组诗）

＊汉竹简

历史，恢复了你美的席位
阳光，显影了你美的诗行
时间，见证了你美的记忆
文化，收留了你美的笑容

四月的花香
牵着你走出古墓
走出大汉的雍容华贵
一枚修竹与翰墨的亲密
凝固了几个世纪的秘密
一卷木与绳的结合
开出了多少怒放的花朵

坚守寂寞，只为一段刻骨铭心的传说
苦意留守，为真相的执着不需要理由

＊汤姑湖游思

是勤劳的汗水
汇成一潭幽湖
偎羽山荡漾
温暖的湖水四季恒常

在春天的路上洋溢芳香
晶亮的眼睛
与峰峦对望
十里湖光，万般霓裳
哦，汤姑湖
流淌着历史的气息和营养

没有大气磅礴
没有浩浩荡荡
唯有碧玉般的面庞
表达了你朴实的思想

千百年来
你不改衷肠
保黎民，佑百姓

以你的灵水甘露
浇灌着南来北往人的梦想

＊第 N 次梦到水晶

至于这是第几次梦到水晶
梦到剔透的光芒
心
就会生出一对飞翔的翅膀

城市因你显得洁净
人流因你显得透明

简约
不再是人们追求的画面
时间
在你的眼睛里是水一样的简单

宽容，是你的理想
所以，你收留阳光，并
将温暖转运到世界的四面八方

我透过你想看到自己老去的模样

你却在挥舞一亿年前的霓裳

音乐凫起处

是一场薄如蝉翼的梦

观水晶雕刻（外一首）

从白垩纪的站台出发
与潜伏的水晶链接，在东海
在幽深的羽山、在按捺不住的温泉
我看见
石头、水和天空在晾晒湛蓝
水晶的造型金刚百变——
浑圆的球、坚硬的钻、六面体的绕指柔
还有正方形的梦，未成形的非主流……

眼前，是水晶雕刻的全景
目测，酝酿，抚摸，精准的切割没有彷徨
所有的切刀、活塞、砂轮和钻机都在团结
所有的紫晶、红晶、发晶都在心潮起伏
渴望深埋亿万年的幽美
撞击一剑封喉的热烈
那轰然穿越的寂静
迸裂出殷红的花朵——

横看是蔷薇
竖看似百合

旋转，翻滚，打磨
在显微镜下千百次的按摩
闪，展，腾，挪，只为成就
心中那尊虚怀若谷的活佛
此时此刻，所有的话语都该掐灭
只保留氧气、灯光、沉默——
就像江湖，平静的水面下有滚滚的漩涡流过
就像山峦，肃穆的群峰底是浓浓岩浆燃烧的火

聚光灯包围了操作台，钻头和镊钳步步逼近
一厘米、一毫米、一微米……
拂尘，如意，莲花，菩萨
朵朵祥云牵着佛的真身
透明的张力射出晶体
美收留了所有记忆
刀枪剑戟的纠葛在方寸之间化成禅的涟漪

＊水晶大集

露天地、马路边，赶集的人和水晶聊天

拥挤的石头像彗星下凡

土生土长的紫水晶幽如罗兰
漂洋过海的金发晶灿若霞光
眼一看，动心
手一摸，销魂
一询问，不贵

举一枚景石与天空对望
有多少枚石头就有多少个太阳
眼睛飘在晶莹的肌体里纳凉——
两只蝴蝶在努力摆脱一亿年前的风和时光
翅膀下的海水正在分解夕阳
沙滩上是一枚搁浅的红月亮……

别为这滴血的化石忧伤不安
卖水晶的姑娘就站在身旁，大胆推荐她透明的作品和目光——
架子上的佛珠，箱子里的手链
晶莹无尘的手镯，叮咚作响的耳环
两颗殷红的心形饰件
偎在她的手心里烈烈欲燃

不知这摇摇欲起的火苗里

藏了她多少对爱情的蜜恋

七月的桃林（外二首）

别说，不是三月
没有如霞的桃花装点脸颊
别说，不是李白
没有载酒的扁舟举杯踏沙
七月流火，绿肥红瘦
马陵山麓的桑麻
恰是一幅渲染的国画

桃，躲在叶帐里灌浆
林，绿上山头撒娇
风，踩着禾苗列队奔跑
云，爬出潭水闲在山腰

成群结队的候鸟
来自唐朝
沿途辨认崭新的词条
厂房　学校　高架桥

*黑龙潭

一群鱼
游在云里
吐纳午后飞翔的惬意
取水的蝴蝶来了又去

岸上的人正翻阅手机
一条一条删除城市的记忆
虚高的房价仍在继续
三心二意的爱情编成没完没了的连续剧
还有按揭贷款
还有理直气壮的尾气

我伸手掬水
鱼儿胆怯地潜入水底

*马陵古道

庞涓捂着滴血的伤口轰然倒下
夜，成就了孙膑的阴谋
一场春雨打扫了山坡

岩石上开出殷红的花朵

纤弱的细草
收尽了几千年前的硝烟
懒散的牛羊视而不见
身披蓑衣的老者轻挥牧鞭
左手一指　望海楼
右手一指　桃花源

蝉 意

靠一首成名单曲主打夏天
到处传播烦躁不安
号召人们崇拜原始追求简单
自己却拼命地走穴
从一棵树飞到另一棵树
不知疲倦地表演

有消息说它办了个培训班
核心技术就是先洗脑后赚钱
五线谱在它的教材里都演绎成直线
以原生态的姿势挑战极限

与湖水恋爱的花朵（外一首）

黏稠的季风
鼓舞着蕊心微颤
拥挤的花丛间
有湖面上频频传来青春的零乱

爱情，准时降落在第一个花瓣
蝴蝶，不遗余力地烘托画面
此起彼伏的湖水和花瓣
双双沉浸在亦幻亦仙的瞬间

闲庭信步的白云
不想只做湖水的替身
更愿为一朵花的誓言
做彻夜不眠的长谈

噢，这些与湖水恋爱的花朵

绽放，每时每刻
我，一枚一枚地收藏它们的传说
即使到了严冬，也能与鲜艳的爱情对坐

＊对花

避尘嚣
夜寻百合园
追随明月
拂栏过拱桥

花点点
月纤纤

水晶塔上星光闪
一湖幽水青黛染

湖湿了花的水袖
花靓了湖的眉眼

百合带露意楚楚
梦在曲径最深处

问花
不语

邀月
风舞

谁非过客
花是主人

西双湖行吟

走在勤奋的拱桥上，不敢言语，不敢呼唤
那些游弋在湖面的候鸟
我只在意它们因追逐温度而迁徙的路线
以及阴险的雾霾，以及能见度很低的和谐

我不敢轻拍芙蓉仙子身边的栏杆，不为说尽闲愁
只怕举手间的气流荡了一湖的清幽
乱了湖心洲上晚亭的倒影
落日，此时恰是晶都挽留春光的眼睛

与水晶塔对望，是我最宁静的片段
在她的裙边，浪花牵着风频频拜访爱情的视线
西岸，是童话里的田野、村舍、庄园
虚构的目光没有赶上夕阳，更没有发现一丝一缕的袅袅
　炊烟

掬水在手

看一轮明月在柳梢上打坐
弄花抖衣
幽香阵阵暗合了南湖北湖的禅意

汨罗江畔独步

有风，端阳牵着芦苇拔节
此时此刻，河水在孤独中流淌
你一步一步走向深水区，坚定
没有回望摇摇欲坠的楚国殿堂

汨罗，一条伤痕累累的河
在南为汨
在北为罗
合为汨罗之后却结出了《离骚》高贵的硕果
期待一艘龙舟能够飞快驶来
激荡，迂回
为屈子的坚贞驱散鱼虾的无赖
停下来的时候人人肃穆，手捧《天问》

时间，在等一群朴素的草根
他们得知屈原的事迹是在第二年的春天
苇叶裹米粟，以粽祭江

流水在泪眼中模糊

沿途的历史，无言本分
以最简单的枯荣方式缓缓推进
江水漂洗过的真理透明而严谨
嵌在诗人的心头，铸成正义的灵魂

泡在水里的夏天

是一头水牛反刍的记忆
牛背上横着一支竹笛
放牛的孩子
游弋成一条鱼

一片流云迷失了自己
躺在水里忘了归期
黄昏降临时
再也拾不起薄如蝉翼的纱衣

蜻蜓眷恋荷叶上的水滴
还有她裙角下的涟漪
就学她的样子
把生命和根深深扎在水底

初　恋

是一个午后
在葡萄架的一角
你轻轻地吻我之后
有一只不知名的小虫爬过……

水墨同里

（一）

坐一天一夜的火车
追寻一座留守千年的古镇
她
躲在太湖的怀里
蓝底白花
淡成青花瓷上的一幅水墨

（二）

弃岸
乘舟
入画

(三)

一圈一圈，水纹
在船娘的身后开了又合
细雨斜裹勾出船娘轻灵的腰身；碧绿缠绵染透了古镇的水魂
圆心是船娘的桨
圆周是桥是岸是樟树浓密如云
欸乃一声，是船娘水做的小调
船头，迎风轻摆的长袍，带水，逍遥……
云与云，在水面上闲飘；树与树，在水底拥抱
不是梦，不是营造，是光与影对真实的寻找

(四)

站在渐行渐缓的船头，岸上的房舍与水中的倒影迎面而来，一座廊桥，却生出两般面孔
青瓦飞檐
白墙曲栏
牌楼与廊亭……
小船划进了桥洞
船娘说：“绕过三桥，就是传说中的珍珠塔。”

古书里，记载了陈翠娥的相思

更有寂寞如水，掠过她的绣楼，为南去的孤雁，为落单的飞鸿……

船娘莫名于我的沉思，站在她的目光里，我可是她桨下一缕飘然划过的水波？

为寻梦，千里行

不想自己却化成了同里一缕柔弱的水波

（五）

追逐记忆，我从遥远的梦境而来，一湾碧水引行，几处鸟鸣应声

岸上的阿公和阿婆

操一口软侬吴语

说的是对岸邻家孩子的婚事，眼里漾出的是五月丰收的喜悦

寻遍同里湖

随手捡起的是稻穗的馀香，湖里燃烧的是千年没变的夕阳

日暮，我该投宿哪家古朴的客栈？

（六）

同里，有我的梦

入夜，借一场春雨，倾听一曲三百年前厢房里的琴声。琵琶半掩，一位白衣秀发的女子桃花敷面；白天，推开小巧的窗页：芭蕉、含笑、虞美人

带着水露爬上窗台，雨露里弥漫着油菜花的心事

睡在如此幽深的厢房，梦也深得幽远

月光下，后花园的拱门酥酥地松摆丰满的身影

圆圆的，像佳人匆匆赴约时遗落的团扇

一丛修竹，婆娑着梳理她的腰肩

墙外，穿心弄里

书生

焦急的脚步起起落落

（七）

雨

是同里又一种腰身

从叶泽湖起程

在青花瓷杯里收身

春天，在罗星洲润花

夏日，浓成南园一杯阿婆茶

（八）

围绕退思园，几进几出

同里人将他们的从容和恬淡溶进了水里，溶进了桂花飘香的季节，溶进了遍野油菜花的四月，溶进了幽长深邃的雨巷，溶进了小荷才露尖尖角的池塘，溶进了月光如水的夜晚，溶进了临水半掩的纱窗……

在水的滋养中，绿和思想爬上岸，丰满成无数幽碧的香樟，长成做人的方向

（九）

月亮圆了的时候

同里也圆了——

芡实糕圆了，袜底饼圆了，水田里的斗笠圆了，种子和秋天圆了

一把油纸伞，半掩着少女的心事圆在雨巷里，耕乐堂门前的灯笼圆了，所有的桥在游子的脚步声里圆了……

(十)

润在青花瓷上

同里，一幅漂浮在太湖间的水墨

没有带进城里的夏天

西瓜被太阳翻炒得发甜
再加点糖和回忆
是永不磨灭的童年
咬一口
咽下去的是父亲古铜色的脸
还有他泛黑的白手巾里
拧出的希望和盐

一场暴雨
让村西的河流丰满不安
许多外地的鱼迷恋她的身段
一不留神
就遭到了二黑哥渔网的暗算

蝉摇身一变
站在树的最高端发表自传
只字不提它羽化前的黑暗

它不相信来世

只要拥有今生华彩的片断

如果有纪念

就以露水的名义

转载它的清廉和偏见

蹑手蹑脚地追一只青蛙的清唱

寂静

扑通一声跳入水中

打碎了一盏清凉的月亮

还有苦心经营的惆怅

第一次见面以后

不要埋怨
那夜公园里黏稠的空气
以及露珠牵着月光的十指
花冠上挤满了痛和甜蜜
细节被蜂蝶裁成风中相追的记忆

不要莫名
今晚眉眼里躁动的心绪
还有檐角上婆娑叹息的雨滴
窗格上爬满了泪和希冀
传说被冷却成西厢里一段凄美的相拥和往事

裹十层棉衣
将它压在箱底
换季了
它第一个跃上桃枝
蘸着鸟鸣掸开去年草草收拢的花期

二十六日寻Z君不遇

突然找不到你的目光
心慌
大片大片的焦虑围攻心房
太阳也趁机锐利了光芒

突然找不到你的目光
心痛
一扇一扇打开雨夜的窗
月亮被雨水抽打得遍体鳞伤

突然找不到你的目光
没有主张
就随风流浪
累了
坐在荷叶上收拾残妆
却辜负了一湖的莲香

湖水和绿酝酿阴谋

无休止地制造怀旧和忧伤

梦里

成群结队的诗人袭击月亮

漂在茶雾上的诗行

游过一首诗的河流
在一杯龙井里守候
月光在静止的叶脉里发芽

茶，沁开心的天窗
引领湖光，婆娑霓裳
为相遇收拾经典的古装

江，因你的抚慰不再轻狂
泉，因你的收留拒绝流浪
黄昏，因你的叮嘱而迷恋鹅黄

茶，如果有一天
一场春雨劫持了我，请你漾起绿色微澜
因为爱情和我双双经过你的驿站

第三卷　枕在秋的左肩

立　秋

所有的种子，一起
扑进阳光的胸膛
追赶金黄追赶丰满追赶古铜色的脸庞

云，起航前调整了洁白的方向
甲板上挤满了深海湛蓝色的瞭望
桅杆和帆并肩
倾听天籁苍穹和风的歌唱

只有树，不再迷恋阳光耀眼的谎言
寂寞而坚韧地将根扎进山岩
与平凡的泥土和水会面
准备狙击刀枪剑戟的严寒

西双湖的秋

一枚桐叶
旋转、驻足、静观
不想打扰两汪秋水的约会
云，在湖底缠绵
风，牵着羞涩浏览湖面
这透明的容颜，只属于西双湖的眉眼

水晶塔依水而上
阳光在它的安排下奔向四面八方
夕照里，没有枫叶的火红
繁忙的是运送鹅黄的法桐
秋虫，在流淌的月光里歌唱

一株细柳临水卸妆
毫不避讳水底冬的潜望

别，未尝不是另一种对接

离歌只是爱情短暂的注脚
如果是叶，就选择与泥土热烈
来年的枝头修成花朵
如果是水，别固执地迷恋海洋
内敛的湖泊，也能折射你七彩的光芒

每挪动一步，都有新的赞叹
前方十米，是微笑的花坛
大堤的目光已眯成一条长线
桥，是湖的标点
再远处，是农家的炊烟
与天边的秋云对望两闲

来吧，坐在南湖的北岸
枕在秋的左肩
数天上流云的奇幻
关闭手机，暂时忘却牛山路上繁华的片段

水与水的拥抱

——东营黄河口湿地走笔

1.

追寻一条修长的唇线，兰与黄相见
黄河收了利剑
渤海低了眉眼
水与水在对流中勇敢地传递着思想和盐

2.

滔滔不绝的黄河水知道，每一朵奔跑的浪花
起伏、跳跃
都会与海涛激起一轮热烈而含蓄的拥抱
而当 5000 平方公里的湿地
沉思酝酿梦想的时候，她怀抱里的精灵们
便在长河与大海的对望中
频频描绘出人间仙境的美景

3.

时值春夏，观鸟塔的目光与海风擦肩
金雕、丹顶鹤和黑嘴鸥，频繁交谈
谈着谈着，便说起了黄河对渤海的苦恋
诗意的中华秋沙鸭、唯美的白尾海雕……
联袂出场，激活了黄河与渤海合唱的画面

为了链接时代的方向
黄河大桥和德大铁路，为水城东营插上了腾飞的翅膀
跨过黄河，跨过千年的风雨沧桑
以光的速度直达京、津、鲁
收集春风里关于“中国梦”的诗行
哦，无论怎么联想，这些路桥
都是东营水城胸襟开阔的宣言

4.

其实，团结的风景更了解水城的心事
黄河入海、湿地之窗、芦花飞雪，带着水的细节
河与海，天地间的舞者，努力创造
醉人的画面，在游人的心底扎根、筑巢

看，就连匍匐的红地毯，也按捺不住激情
纷纷奔赴河汊，热烈地与水鸟拥抱

成群结队的白鲟，一定是受到了潮水和春天的动员
也可能是，为了让湿地的画面更加灿烂
在波浪的笑容里，熠熠生辉
我虔诚地相信，它们就是一朵朵出水芙蓉
为了生命的丰满，一次又一次穿越河与海的分水岭

为了收集湿地的幸福指数
洄游的鱼群频频逆流而上，绕过围海大堤
鲜嫩的刀鱼、矜持的文蛤、活蹦乱跳的东方对虾
时刻装点着人们绚烂的笑脸
我由衷地坚信：幸福指数的高度
是银行里一串阿拉伯数字的长度
但更是，东营人脸上笑容的密度

5.

聆听水城东营，一定要专注于它拔节的声音
从秦汉以来的先人们一直都在眺望
广饶、琅槐、惠民……
这些都是东营鲜活的乳名

都是东营不同历史时期的靓影
每一个东营人都知道，乳名不仅是过去鲜明的胎记
更是对历史的铭记，只要有生活激起的浪花
阳光就会折射出七彩的虹霞

在孤东油田的钻井旁，我和时间一起甘愿做一名采油工人
在师傅的指引下，在激动的欣喜中
激活滚滚油流的芳香
涟漪泛出一层层动人的光芒，点亮黑暗
传递日月的光环

为了将梦想的步子迈得更大
油田开发、船舶和新材料研究，齐头并进
一座繁忙的东营港，不仅仅是齐鲁大地
也是华夏神州一幅迷人的图画

6.

哦，迷人的丹顶鹤
穿梭在东营湿地的精灵之美，有着黄河激流一样的执着
有着渤海一样辽阔的视野
更有着广袤湿地一样的安静和从容

面对如此人间胜境，无论是土生土长的东营人
还是与候鸟一起来访的宾客，都有了安身栖心之所

这些飞翔之美、东营之美
我由衷地将她们奉为
人世间临海凭风的视觉盛宴

在东营，在黄河与渤海拥抱的目光里
每一只造访的精灵
都能激活幸福与美的音符……

花果山（外一首）

我和吴承恩一样
笔墨里渗透了敬意
说人间词话，想仙界妙境，登大圣宝山
邂逅的一只松鼠，可是西游途中爱美的狐仙？

三元宫里
一块山石一棵树，被巫术和数码技术激活
往来于天地间搬运寿果
打个响指，就到千米高空的玉女神殿访仙做客

我抚摸花果山的金镶玉竹
猜想它们是幻化的修女
飞天，入地，风姿飘逸
带着上苍的旨意垂询大地
令我脉管里匀速的血流奔腾不已

过水帘洞时

我不想透支蜘蛛精爱情的甜蜜
更不想修改女儿国王献身的意志
只想与空山对坐——
删除记忆光盘里的烦恼、庸俗、痛的胎衣
清空不该有的欲望，烦躁的垃圾信息

＊谒阿育王塔

1000 年了
您始终以佛的形象屹立
云在您的肩头修得了禅意
塔龛里的经文沉默不语
栀子花和鸟鸣收藏了您的记忆

我跪在您的脚下虔诚祈祷
捧出水晶的心、透明的泪、彳亍的凡身
用哪一种心音追随
都无法翻译您肃穆的眼神

老师傅说
默许一个心愿吧
我的胸腔里装满了亲人
小师傅说

再许一个心愿吧
我的心和空谷一样腾起祥云

躬身退出塔门时，我看见您笑了
笑容和云朵在玉女峰变成了舒卷的天马
姿态万千，瞬息有形
根，却守着大圣湖的止水
安详，宁静
虚若观音

观博山溶洞（外一首）

走进一座山的心房，不只是聆听她的心音
听她的树，听她的石，听她开在灌木丛下的小诗
听她的沉默和呼吸
在博山的怀里，还听自然
潜移默化的热烈和玄机
坚硬的碳酸钙刺破山的监视
温柔的水滴改变了爱情的张力

一尊擎天柱链接了几亿年的岁月
罗汉参禅激活了无语的传说
虔诚，挤在岩洞里开花，坐果

过擦耳石的狭仄，拜观音的沉默
洞一直在解说时间的阴谋
远处，是一缕若隐若现的佛光和梵乐

＊在临淄新区

是深圳？

是珠海？

鳞次栉比的办公楼和厂房

与风一起奔跑的绿化带

在马达轰鸣声中，速度加到 120 迈

如果不是太公湖漂洗过的白云

如果不是齐桓公牵着淄水延伸

没有人会相信，眼前的图画是临淄新区的写真

临淄新区

鲁中腹地的一枚璞玉

华夏复兴的一朵奇葩

宽广的马路，坦荡

坚毅的楼群，锐意

宽容的广场，大气

别致的庭院，新颖

还有红绿灯的守时

还有斑马线的整齐

一辆轿车从我身边驶过

整洁的街道为它衬托

一位老人演绎太极

脚下是柔软韧性的土地

一条小船在湖面上甜蜜的旋转

情侣的太阳伞下，是爱情的画笔描绘的国画

在同里（组诗）

＊同里的雨

其实，也不算是雨
弥漫了整个古镇，是水汽
烟笼四野，不辨东西

走在三桥上，目光与河水
一起缠绕古镇，和她白墙青瓦的细节
在一层层紧锁的水雾中
想穷尽她的腰身，但这只是一个异乡人的欲望——
雨雾收拢的楼台，又在前处
更加古典和静美

几只鸬鹚，没披蓑衣
立在船舷上看雨
倏然，箭一般入水
激射出一圈又一圈涟漪

浮出水面时
嘴里衔着一尾宋朝的鱼，全身
洋溢着自由

＊在古廊桥下饮酒

今晚的月亮犹如浅睡的河水，还有
身穿长袍的古镇，朦胧，透着丝丝倦意
游人就这么在古廊桥下
坐在了一起
认识的，不认识的
白人，黑人，黄种人
名流，草根——
都喝同里红

古廊桥，沿河道起伏
有一群跳舞的人还没有喝醉，是诗人
一丝雨无声而勇敢地扑进河流
又爬上了某个诗人的眼眶
落在一枚樟叶上
绿成隔岸的守望

氛围，很好

能喝多少喝多少

语言已变得不再重要

只要举杯相邀

临河，对月，恰逢迎面划过来

船娘的浅笑

没有人愿意站起身，打破

诗一般的和谐

夜，牵着河水爬上了窗台

亭楼阁榭

弹着月弦已渐入梦乡

而古廊桥与河水的谈兴正浓

＊退思园茗茶

摇摆的荷叶，荡开

时断时续的熏风

一丛团结的青竹

悄无声息地收容谦虚的绿浪

我坐在阿婆茶的清香里

听，园主闭门沉思

看，坚竹带雨拔节

池塘里春的思想
成群结队地游上岸
丰满成参天樟树的形象

有人与酒杯纠缠，有人推窗将阳光打探
只有清幽的莲，与
一盆君子兰并肩
茶杯上空一缕烟岚，是远道而来
五元钱定购的清闲

盛在藤椅里的闲人，一睁眼
便看见一只黄鹂，俯冲掠水
没有鸣叫翠柳，只是冷眼
怀疑水里的自己

一棵枇杷面对严冬，矜持沉默
只为明年更好的开花坐果
意味深长的冷却
只为历练心底的炽热

*船娘

摇桨的女子，搅碎了夕阳

像一抹疲倦的火焰
踩着波纹跳跃，船娘
请把手中灿烂的玫瑰握紧

收好桨，打开炊烟
无声的衬托远远飘来的琴音
黄昏
幸福正在村口的码头上岸

从剧烈起伏的
臂弯里醒来，河水
轻手轻脚
不忍打扰刚刚挂上枝桠的月亮

深　秋

种子弯腰辨认来时的路途，身子越来越低，吻到了丰满
的泥
叶对根的思念由浅黄变成血红，射出心脏，降落在山林
飘成南屏晚钟

菊花，再衬一抹远山
是陶渊明厌恶做官的誓言
到了隋唐，她成了兄弟互相残杀的图案
花瓣带血洒满了长安

草们贫血，低血糖
晕倒在赶往春天的路上
一群虫躲在它们中央，分不清月光与霜的脸庞
埋怨昼短夜长
以及温度
以及北纬 34°的坐标

秋　痕

最后一枚叶离开了舞台

水袖零乱　转身处
鼓点疲倦　胡琴老态
幕布合拢的时候
冬已从化妆间里走向前排

忽然　声光电齐发
红黄相间的音乐席卷山坡
以枫叶的形象连绵不绝
即使　坚硬的岩石列队防守
依然无法阻挡火焰的进攻

溪水的眼睛已不再清澈
一支箫躲在林间呜咽
袅袅的伤情
击中了刘禹锡的野鹤

花

也显得不再重要

蝴蝶蜕变

为明年春天的海选作最后的思考

只有秋菊

经不住浮浅文人的诱骗

身着薄纱夜夜与虚伪的冷霜鏖战

一杯殷红的残酒泼在桌边

没有人为她昨夜的放纵埋单

高空

一只落单的去雁

将罗盘的指针锁定正南

一粒坚果站在树巅

他不知道

有无数枚叶为他的坚硬死在了地面

第四卷　这个冬天不太冷

巴西水晶的独白

漂洋过海
没有将你的基因打乱
只是将透明的梦想
做一次重新彩排

一块懵懂的石头
暂时远离赤道的视线

异乡的笑容
是一潭温暖的湖水
你的到来
使湖面的风景有了更新的期待
一丛修竹
听懂了你的语言

是否，思乡是你不变的情怀
是否，张望是你不停的心结

所以，你清空所有的胸腔
收留阳光，收留所有人的目光
只为铸就梦中的天堂

幸福的颜色

——黄川万亩草莓基地漫笔

洁白的温室
嫩绿的秧苗
火红的莓果
静谧，喜悦

心房里挤满了阳光
春意在叶芽上流淌
塑模上的温度，向上

草莓在望
目光流裳
炙人的姿态预支着炎热的光芒
羽衣半掩飞霞

绿浪里，梦
躲在藤蔓上坐果，灌浆

温度牵着果实向夏天进发
红颜一路丰满
像手，像心，像眼
只为做一次火一样的绚烂
烈焰的笑容富了春天
火苗点燃幸福，草莓

开颜
满地的莓果鲜活了星星的眉眼
诗人的语言已变得零乱
一举手
一投足
屐痕激活了冬天里春的画面
涟漪四溅
以波浪的形式漫延黄川
长成红肥绿瘦的万亩诗篇

倾听房山（组诗）

＊有思想的树

——观大江木业厂区

一群树，最初的愿望
只想衬托春天的诗行
或者，夏日里路人心头一叶匆匆的荫凉
或者，秋风中一段传说的离伤
或者，冬雪下期待轮回的彷徨

可是今天，它们却排着队走进厂房
在传送带前梳妆
在齿轮与轴承的挤压下歌唱
歌声，在操作台上被切割成长方形的期望

打包，装车，出厂
奔跑在追赶 GDP 翻番的路上
前头，是城里人幸福指数的增长

后面，连着乡下人笑逐颜开的小康

＊访进士邸遗址

寻一段路
找一扇门

扣一片瓦
推一页窗

翻一本书
觅一个人

青苔底掩盖的是泛黄的月光
烛光里显影的是学子的书房

诗在明朝吟诵
墨在今天飘香

＊走在房山的小路上

与一位放羊的老者擦肩而过
画外音是，鸟鸣、松树

以及山顶一抹过路的云朵
草，匍匐着撤离山坡
阳光在寻找泉的下落

拐弯处，佛与风对坐
朝拜的目光眙视听课
一株野蔷薇参透了因果
早早地赶在严冬到来之前熄了心火

路尽头，是山石与天空的轮廓
牧羊者的鞭声在山林中穿梭
羊群已飘上山巅
追赶那抹早已远去的云朵

花果山·雪

花　忏悔　不该唆使风去引诱蜂蝶

果　执着　直到秋天才说出那一夜的阴谋

山　虚伪　不动声色

雪　合上书页

禅机瑟瑟飘落

号召施主不要迷信那些骚动的传说

写在年的边缘

是爹

是娘

是千里走单骑的路上

是马王堆出土的竹简

字里行间涔涔渗出青汗

把它们装订成册的是时间搓成的年绳

是二万五千里长征

野菜和树皮喂大的红星

荡起天安门上空烈烈雄风

是一九六〇的饥荒

城市和乡村都营养不良

铸一口警钟挂在前行的路上

是春晚

心和宝岛围成圆看电视里的党
他手一挥：登上前面的陡坡我们就能赶上小康

是青藏高原的傲慢和偏见
以水的形式兵分两路繁衍
长成黄河长成长江长成龙的尊严

冬　雪

向西伯利亚借一场纯洁
沿途覆盖连绵不绝的山河
以及一行脚印，一个传说
只留空白的服从没有棱角

纷纷扬扬的笑容没有停歇
树，在地平线上瘦成诗歌
没有人朗诵
只有孤独的风在呜咽

然而，有谁知道
洁白的外衣下绿在追赶
以麦苗的形式奔走相告

昨夜，雪就在这座城市的边缘

昨夜，雪就在这座城市的边缘
以潜伏的方式联系春天
独会枯树，私访秃山
无人能破译它焦急的密电

昨夜，雪就在这座城市的边缘
以坚冰的名义想冲过河面
河床干涸，水脉断流
绝不让晶莹的思想激起微澜

昨夜，雪就在这座城市的边缘
它无法突破空调汽车
以及一条超短裙设置的封锁线
一滴泪——是她撤退时的留言

今冬，无雪
昨夜，雪就在这座城市的边缘

残　雪

第一次约会
就邂逅了暖春
频繁的拥抱
刺痛了你的心房

没有人知道
你躲在山的臂弯里哭泣
怨恨自己的无知
还没有试花
就错过了晶莹的佳期

更没有人知道
你以泪的方式收留阳光
以及去年冬天流浪的往事
你说，即使
瘦成一条纤细的山溪
奔跑与歌唱

是你永恒的主题

因为山下

是一望无垠的春泥

年

年，是一场有约未至的瑞雪
年，是腊梅迎风清唱的民歌

年，是 CCTV 播报的第一条春运消息
年，是手机里收到的笑脸和短信

年，是人潮涌动的车站
年，是川流不息的大巴

年，是春联上笔走龙蛇的王羲之
年，是年画里浓墨重彩的杨柳青

年，是炼钢炉前工人坚实的臂膀
年，是值班室里护士祥和的目光

年，是南疆出海巡逻的军舰
年，是北国严守戍边的战士

年，是庙会里的皮影戏
年，是大集上的二人转

年，是春晚，是赵本山小品里笑得发紫的猪腰子脸
年，是电视，是余则成潜伏下虚拟绝境的步步惊心

年，是除夕的钟声，敲碎了昨天也点亮了明天
年，是子夜的爆竹，短暂的辉煌却种植了朝霞

年，是爹，是娘，是他们发际日渐苍老的白霜
年，是兄弟，是姐妹，是手足连心的亲情守望

年，是秦皇汉武，是屈原是岳飞是李清照，是一座座巍峨的山峦
年，是甲午战争，是抗日是抗战是抗侵略，是一曲曲不朽的颂歌

年，是长江，是黄河，脉管里涌动的都是炎黄的血
年，是五岳，是黄山，骨骼中成长的都是华夏的魂

年，是叶对根的思念
年，是花对春的记惦

年，是候鸟对温度的寻找
年，是月光对太阳的回报

年，是基隆港的白浪，碧波间一轮一轮荡漾起游子思乡的归期
年，是日光岩的旭日，温暖的光芒是母亲呼唤孩子回家的致意

第五卷　激活岁月

观东海古郡汉墓出土编钟随想

阳光，激活了千年休假的音符
节奏和旋律连绵起伏
高音托起飘逸的汉服
圆润的撞击，唤醒了斑驳的眼睛
伴奏的歌声，远远迎接羽山前来造访的松风

焚香，茗茶，倾听
两千年前，火与青铜的从容
在一个活力充沛的午后
历史与繁华一起
流连于尹湾喧嚣的街头

此时，音乐迷信着蒲公英的慵懒
追着暗香在郊外行走
一位村姑，临泉梳妆
没有春愁
她在回忆和早蚕一起编织华丽的丝绸

采桑的右手

带水露，停在额头

紫水晶里的西厢

弯腰捡起两亿年前的月光，大地深处
硅和碳的相遇
被熔岩凝固成爱情透明的脚步——
西厢里
两只紫色的蝴蝶飞檐绕梁

子夜敲窗，进京赶考的张生误了皇榜
待月竹园，怀春的莺莺一个人料理烛光
此时，红娘的心里
在勾兑三个人的惆怅

羽山物语

没有人了解你的童年
山巅，偶尔回访的白云
也只零星记得你在海水中嬉戏的片段
那是白垩纪，洁白的海滩上没有心思不定的船

一个叫少昊的部落听懂了鸟的语言
并在烟花烂漫的三月翻译春天
花香的秘笈，一直在山东侧的西连湾村流传

后来，听说
鲧的誓言
一半是洪水
一半是源于心中起起落落的贪婪
他想在最短时间里改变水流的航线
立志赶在立秋之前升迁
可夏季的三缝石却凝固成他最后的祭奠
利剑，将他的梦和巨石拦腰斩为三段

禹改变了鲧的观念

实干的同时，并没有忘记走上层路线

原来，洪水一样可以承载鲜花、掌声和灿烂

人·佛·仙（组诗）

——印象大伊山

*谒古石棺群

灵魂扶摇直上
牵着6500年前的阳光
绕过升仙崖的陡峭
以伊山的容颜链接你幽深模样
眼前，是寂静的天堂
山之东，石板为你传递坚毅的思想
天籁中，树和我肃穆倾听
倾听你惊涛骇浪的往事凝固成雕塑的守望

选择伊山的阳光，安排生命最后的聚会
茯苓泉的秋水打湿了你冰冷的唇
我从6500年后穿越追寻你的青春
而你，却以风的姿势清唱低吟

歌声和心事徘徊在入仙门的台阶
阳光和绿此起彼伏——
一个人的清唱是孤寂的
两个人的清唱是相思的
一群人的清唱是和谐的
溪涧的候鸟衔走了你的歌声
留一谷清音长年为你萦绕、啼鸣

季节和风一直在破译你的密码
在伊山，随处都有你种植的云霞
你也一定知晓，传说会在6500年后发芽
试问，开在石棺冢畔的几枝小花
可是留你给后人先知先觉的对话?!

＊拜石佛寺

石，沉默
佛，不语
寺，静敛
伊山说，有一种态度叫从容

在佛的目光里寻找心的位置和高度
忏悔是必不可少的工具

解密隐瞒十年的历史

曝光痛心疾首的阴谋

……

将一段波罗蜜心经诵成西沉的冷月

半臂袈裟遮不住前世的因果

双手合十

虔诚进香

时间以宽容的名义清洗昨天的愤懑和悲伤

把彷徨和细节一起打包雪藏

在神仙洞口，善良成白云的模样

＊望盘丝洞

千年古洞里的情愫，是单相思的

像洞口那丛摇曳的玉竹，轻拂玄奘的眉眼

阅尽百年沧桑

激活吴承恩的思想

孙悟空把愿望，挂在忽明忽暗的钟乳石上

侧耳倾听几位女子怀春的凄凉

除了天庭的法度，在云端闪现

还有此起彼伏的诗行荡气回肠

她们站在月光里执着地守候
缘于身后伊山峰峦叠嶂的情愁
自恨法力不能摧垮西域的灵鹫
当传奇遭遇落榜的文人和酒
马背上的爱情不需要任何理由
于是，朝圣者的放纵
一步一步向天界游走

东坡大写意

打开电脑
链接 900 年前的那个春天

一场雨打湿了长衫
一朵花
死在了追赶蝴蝶的路上
没有埋怨
蘸着黄昏的松涛
写诗写词写一位樵夫的扁担
乌云压着坚硬的远山

移动鼠标
双击 900 年前的那个炎夏

一场变法让大宋烦躁不安
一个人
走在黑暗官场的边缘

没有硝烟
枕着西湖的荷叶
听风听雨听一位老僧说禅
湖底是来了又去的青天

查杀木马
重启900年前的那个深秋

一枚落叶苦苦把绿挽留
一扁舟
泊在赤壁渡头
没有月光
风不知道来自哪一个方向
寻亲寻友寻一段刻骨铭心的情愁
杯未举　已白首

合上博客
关闭900年前的那个寒冬

一场雪袭击了汴梁东京
一丛竹
不合时宜与松梅围坐
脉管里激荡的是桀骜不驯的血

一抔黄土浸染了你的思想
配合大片大片的宋词抗击荒凉
掩埋一层一层厚厚的忧伤

切断电源
脑海里满是你900年前的模样

从重庆出发

——巴渝高速公路写意

启动引擎，从重庆出发
遭遇大巴山 48000 年前的寒冬

一只野鹤与李白对坐
谁也无法将云端的峰峦翻越
赶路的冷月忽明忽灭
峭壁上是艰难爬行的雪

右转方向盘，从重庆出发
驶过嘉陵江大桥 100 年前的深秋

一阵西风改变了船的方向
川江号子与江水的较量此消彼长
纤绳勒在肌肉里逆流而上
等待摆渡的爱情早已过期泛黄

擦亮后视镜，从重庆出发
翻阅 2010 年日渐丰满的盛夏

早晨在解放碑广场摆龙阵
中午到成都喝一壶冰镇的绿茶
傍晚去遂宁广德寺参禅
入夜回洪崖洞吊脚楼听霓虹与江水对话

打开卫星定位器，从重庆出发
搜索歌乐山 2012 年的早春

一群候鸟驮着绿飞出丛林
马达轰鸣为筑路工人铿锵的心率配音
风与车流一起穿过时光隧道
渝城一次又一次加速奔跑

从重庆出发
花开的声音四通八达

乡　愁

是二叔
老酒坊里酿的头曲
在长安与李白和唐朝的弯月相遇
有人远远站在山头沉默不语

是三十年前村里的二丫
一遍一遍学戏里的莺莺出嫁
偶尔瞥见我隆起的喉结
腮上偷偷挂了三根红霞

是一场绵绵无期的秋雨
不放过每一寸丰满的土地
与风暧昧着跌进小溪
误了稻谷开镰的佳期

对　月

别说你没有太阳的光芒
也不能率领禾苗拔节向上
在颤抖中受孕
丰满成沉甸甸秋的思想

不要说你已瘦骨嶙峋
扯一根孤弦
容易勾起去年伤心的离歌
以及一些远古和战场的传说
甚至家恨国仇
都会打包寄存在你的案头
借一枚落叶衬托你的穷愁
之后
把诗人和瘦马抛弃在残秋

更不要炫耀月圆之夜的璀璨
你可知有多少人嫉妒你肤如凝脂的脸

说你只会传达太阳的观点
放荡不羁生活糜烂
致使大海月经紊乱彻夜不眠

羞于启齿的爱情
也要借助你的眉眼放电
大片大片的光压成含片
关了灯放在舌下慢慢吞咽
流入梦里的叫思念

与站台上一位女孩的对话

你说
你什么也没有
只是一枚飘落在湖面的秋
湖水占领了虫斑
没有人知道那是你千疮百孔的泪眼

你说
你什么也没有
只是一轮爬满忧伤的哀月
偶尔也有星辰起身应和
匆忙间却押错了韵脚

你说
你什么也没有
只是一缕沙哑的风
不知道明年的花朵
会在哪一柱枝头相逢

不

你什么都有

是饱满的秋

有一棵树着了盛装一生为你守候

是丰满的月

有一个夜挂在柳梢为你摇曳

是自由的风

有一个季节为你流淌放纵

日记里的片言碎语

假如
爱情欺骗了你
不要埋怨那个花季
更不要拒绝甜蜜
轻轻合上昨日的天气
在扉页上写满珍惜

假如
爱情欺骗了你
不要歇斯底里
更不要纸醉金迷
撕一张日历
深深地掩埋过去

假如
爱情欺骗了你
不要自暴自弃

更不要希望来世

面对青山振臂宣誓

做今生今世的自己

被季节侵略的快乐

一瓣花
冒雨撤退
香　漾在心头
爱　潜伏在泥里

一滴汗
被七月追赶
盐　落进土地
甜　漾上眉眼

一枚叶
掩护种子突围
枫　红遍四野
火　已攻上山坡

一场雪
与太阳对决

白　是渐去渐远的风衣

泪　是愈来愈暖的春意

孤 独

风筝是孤独的神经
惊蛰
将他放飞在不安的春空

谁都知晓，他不是一个听话的孩子
随时随地
都想溜进寂寞的天堂

可，挣脱了喧嚣的绳缰
在风的引诱下
陨落成一枚飘零的独殇

第六卷　站在夜的边缘

医生，你病了

CCTV 报道：

在武汉，因为付不起昂贵的手术费

一位农民工刚刚缝合好的伤口，被医生无情地剪开

在太原，某医生为了贪取高额的回扣

一位已死亡三天的病人账单上，又多开了检查费几万

……

我的口舌

没有被 2%的利多卡因麻醉

可我只能无助地选择沉默

我的心脏

没有因为震惊而加快泵血

但我的脉管里二氧化碳和愤怒因子已奔流成河

医生——

世人尊敬的职业

你我之间隔着消过毒的

手术刀

听诊器

面对呼啸而过的120救护车

显微镜和你洁白的外衣

我从没有过任何怀疑

医生，正是你

用止血钳和注射器频频向死神出击

在无影灯下

一步一步镇压死亡，剥离黑暗

从满是血水的子宫里，将我

拽出，托起

在恒温箱里，又给我

裹上一件松软舒适的罩衣

你慈祥地对我说：

孩子，你是地球上第60亿枚花朵

还记得么，医生

2003年的春夏之交

疯狂的SARS席卷华夏大地

看见的：一个个鲜活的生命瞬间逝去

看不见的：无数肺炎病毒在肆虐横行

从南疆到塞北

全中国的呼吸系统都出现紊乱

难道炎黄子孙的命脉
注定要被无形的小虫湮没？
“绝不能让黑死病的悲剧在中国上演”
你接过战友临终时的遗言
冷静地穿上防护衣
沉着地观察，配药，启动呼吸机
动作铿锵、思维缜密
透过隔离间的玻璃，你的身影
在共和国的视网膜里站成华表的记忆

与外界隔离的日子里
医生，你在思考什么
职称？待遇？奖励？
不，这些都没有
你只在心底默默发誓：
要挽救每一个呼吸衰竭的生命
要彻底消毒960万平方公里的空气

可不幸的是，庆功会过后
你的腰杆却被勋章和荣誉压弯
你在发言稿里直接向组织张口：

副主任职称

你说太低

一百平米的套房

你说太小

国产的轿车

你说土气

……

如果这些都是你真实的企图

医生——

你背叛了战友

临终前的托付

你背叛了孙思邈

《大医精诚》的忠诂

也许你早已忘记了，送你红包的

那位乡下母亲

当年她为了给儿子治病

卖地，卖牛，卖血

祖孙三代常年挤在一间漏雨的草棚里

难道——

良知

在你的听诊器上已经过期、霉变？
道德
在你的注射器里已经中毒、脱水？
法律
在你的手术刀下已经扭曲、痉挛？
你的瞳孔
已彻底变成了内方外圆的铜钱？

你忘记了水和舟的寓言
一心想做
向大海索取的盗船
我敢说：
没有了道德之帆
你的躯壳会在礁石上搁浅，腐烂

医生，你病了
请尽快隔离你糜烂的昨天
拍一张 X 光片
看一看你的心脏
偏离良知的中轴线有多远

最后，以我的诗行为你开具处方
取：

道德糖浆！

用法：

可以口服

但一定要心服

一天三次，一次 10 毫升

终身服用

走在别人城市的边上

搂着别人的城市睡觉
望着家乡的月亮失眠

梦里一遍一遍为流泪的母亲擦眼
劝父亲不要再抽呛人的旱烟
赶紧到乡卫生院
查一查越来越重的哮喘
不要疼钱在手心里攥出汗
明天我再求老板一次
看能不能预支一些工资款
还有
二老不要一日三餐都吃煎饼就地瓜稀饭
也不要说几十年习惯了
即使你们再节俭清贫
也无法触摸到财富的腰身
更不要用健康为我兑换生活中的糖果
父母的笑容就是我最幸福的花朵

第二次梦见玉兰是在村东小河边
两岸的花和春天我视而不见
只盯着她蓝底碎花的对襟小褂
不紧不松的腰身是春天的诗魂
一条长辫衬托柳梢欲言又止
河水里她的手软软的漂浮
手指在水纹里摆成荇草
搓着越来越皱的衣角
瞥一眼渐飘渐远的柳哨
她说
今年的春天来得真早

两室一厅的爱情

一百平方米的缠绵
挤在超级市场对面
身后
是银行的十年按揭贷款

卧室的脸涂满了苯和甲醛
窗帘顽强阻击城市的寂寞和猎奇的眼
男的说：装修的钱还得再苦三年
女的说：对面王太太的马桶都镶了金边

书房只有在雨季才会打开
野史上说武则天在大明宫里无休止做爱
梨花带雨的细节
被周杰伦翻唱成流行的坏

客厅里挤满了小资情调的脚
三流的音乐在提着裤子尖叫

一杯沉默加三毫升干红

调成股市涨涨跌跌的行情

为什么

请说普通话　OK
这是一个老掉牙的幽默
可骨子里流的是媚外的血

为什么
布什消化不良放个屁
媒体都要现场直播
夜里做个噩梦
第二天就不顾穷人死活
让牛肉和石油的价格一升再升
并规定伊拉克人民
晚饭必须吃比萨饼卷美国进口的大葱
饭后只能看半个小时风景
不然飞毛腿导弹
会友好地扑进你的怀中
口口声声天下大同
有资料显示他歧视有色人种

披着和平的外衣

到处贩卖军火繁殖战争

奇怪的是到哪儿都是鲜花和掌声

比基尼荒岛的上空

核反应堆开出无数有毒的花朵

一群群候鸟经过

从此被一种莫名的痛折磨

海岛的黎明

黑暗使光明的诞生痉挛阵痛
光明与黑暗的撕扯惨烈悸动
脐血
荡涤一汪海的殷红

谁说远方的战场已经和平
谁说没有贫困一派繁荣
有人抱着核弹头满世界走动
一位孤儿正在咂吸僵死母亲的乳头

月亮贯彻太阳的精神少了几分热烈
紫外线杀菌指数削减了很多
百分之三的回扣上了星星的供桌
采访时它们手捂镜头暧昧地闪烁

被信号遗忘的村落
依然有爱情开花坐果

野辣辣的篝火爬上山坡
一条小河紧紧拽着女主人公的裙角

有多少不安分的女子进城追赶音乐
起身应和高脚杯中的霓虹却荡起了风波
梦　是春的细节
霜　是秋的离歌

舞动的北京（外一首）

是许海峰枪口射出的光芒
脚踩洛杉矶击碎零的心脏
双眼托起五星红旗
右手紧紧握住国歌
泪花里是奔腾不息的黄河

于是
成群结队的潘多
一步一步攀缘在珠穆朗玛的山坡
沿着龙的脊梁
勇敢地与圣火对接
华夏的奥运之梦
破茧成蝶

飞
就是天安门上空第一枚云朵
烈烈横扫百年苦涩

鸟巢与故宫并肩
站成你铿锵不变的韵脚

舞
就挥洒五千年生动的线条
长江为袖
长城盈腰
秦皇岛是你大写意的创造
赵州桥是你精心设计的底稿

五环相扣竞妖娆
微笑
是你随手种植的符号
和平
在你的牵引下拔节长高
友谊
在圣火的光芒里抽穗灌浆
五十亿颗心房
在八月的北京
收获同一个梦想

＊四大发明

活字印刷被鼠标翻译成键盘

错落有致的思想
被外语打印成文章
英文报纸日文杂志
每一根线条都折射你的记忆

火药最初的心愿
只为点燃人类的庆典
战场上扭曲的阴霾和硝烟
仅是某个人可耻的欲望和贪婪

一张宣纸里有多少龙的脉络
竹子的骨骼与水千百次地热烈
出落成清明上河图的细节
保鲜了未央宫里金碧辉煌的夜

指南针是母亲连夜纺织的线
无论你在哪一座荒岛靠岸
潮湿的一端永远攥在她的手心
走不出磁场的是对根的思念

南京四题

＊古城门遗址

六朝古都
埋了多少皇帝
带不走江山半壁
湮灭了后宫佳丽

临江弯腰捡起的
是蒋介石和总统府上空缓缓降下的白旗

红砖青瓦　寻常巷陌
一年四季
只长青苔　方言和柴米油盐的琐事

＊秦淮河

后庭满是奇花异葩

怎抵河畔一枝野杏迎风摇摆的红霞
宫里纵有山珍万千
皇上仍带了小李子微服偷嘴
去喝十年前那位老太太的刷锅水

＊大屠杀遇难者纪念馆

草坪焦黑的脸上
痛苦地爬满无数痉挛的手
紧急向阳光呼救
却声声砸在行人的心头

听
坑里挤满了四十万个窒息的声音
撞击哪一个民族的心灵
都会激起撕心裂肺的地震

看
火山口喷发的烈云
是他们冤屈的灵魂

＊长江大桥

是毛主席的手臂

没有经过人事局的批示

岸　被调到一起

彻底解决了他们几千年的分居问题

触摸江南

不用再看江水的老脸

李白或者李清照

可以从陆路贩卖乡愁

无须为扁舟的单薄

再三埋怨这条不解风情的河流

西藏片断

坐两天两夜的火车
追赶一片没有被污染的云朵
远远地
她躲在羊群里唱歌
眼神透明
大片大片地漾上山坡
与晚霞热烈成一团火

布达拉宫不是你唯一的画面
藏羚羊的舞姿轻盈飞天
还盛产一种冷艳叫雪山

阳光与雪山的对话连绵不绝
涓涓思想汇流成河
兵分两路开花坐果
是一曲五千年龙的壮歌

文成公主远嫁

是爱情千里迢迢的错

政治与婚姻嫁接

能孕育和睦也能滋生恶果

一个女子的痛

被历史闲置在缺氧的角落

致白衣天使

如果你追随天使、信仰神圣
就不要做忽冷忽热的风
因为季节的诱惑改变了自己的行程
也不做转瞬即逝的霓虹
只做高脚杯里短暂的风景

追随天使的无私
就做一场春雨
一滴一滴灌注
每一株禾苗开花、坐果
蘸着无声的夜色
记录生命成长的轨迹

是一场冬雪
率领大片大片的纯洁
镇压世间的病魔和邪恶

也做漆黑夜晚的一颗星辰
站在夜的边缘
呵护每一个心灵枕着好梦入眠

做月圆之夜的灿烂
无私地传达太阳的思想和温暖

潮起潮落的画面
是大海对你的礼赞
清晨推开窗
远处是你擦洗过的蓝天

后 记

仓促间穿一串诗歌与时间的“水晶项链”，一枚一枚透明的珠子从手心划过，有眷恋、欣喜和激动，它们就像七彩的光在我的梦里川流不息。

静对诗稿，细心咀嚼每一个文字，只有自我知道它们能最后结集成一本丰厚诗书的曲折和劳作。

此次归纳出版的诗歌是我多年来对家乡、对自然、对人生的一缕心香。限于篇幅的原因，无法将全部的作品付诸印刷，虽说有不尽之憾，但众与寡的取舍并不能与美的数量和质量成比例。我一直以为，诗歌无时无刻都是心灵的投影和内省，是一个时代的追求和信仰，更是对人生的记录和保鲜。所以，在选取诗稿的时候，尽管有不忍和无奈，删除了许多不合信条的早年心怜之作，但值得。所谓“冗繁削尽留清瘦，天机流露见精神”，诗歌如是，人生更是如此。

此诗集的甄选、组稿，需要感谢的人很多，特别想感谢的是臧书德先生。他一直以来的支持、指导和鼓励，我能够将原本虚无的文字穿成一串透明的、梦的“水晶项链”。

一段真文字，是为后记。

2014 年 7 月 28 日